# VIE ANTERIEURE

« Il  était avant ! »

# LYSA

# VIE ANTERIEURE

© 2022 ALYS MALYS

Édition : BoD – Books on Demand, info@bod.fr

Impression : BoD – Books on Demand,

In de Tarpen 42, Norderstedt (Allemagne)

Impression à la demande

*« Tous droits de traduction, de reproduction et d'adaptation réservés pour tous pays »*

Dépôt légal : Août 2022

ISBN : 978-2-3224-4082-5

A tous les paranges

Cet événement tragique, contraire à l'ordre naturel
des choses, bouleverse l'existence.

N'oubliez pas celui qui reste.

Il souffre différemment que vous

Mais il souffre

*« C'est un tabou de société. Chaque année, ils sont peut-être des centaines ou des milliers d'hommes et de femmes à perdre un ou plusieurs de leurs enfants. Une tragédie sans nom et sans mot. «Quand un enfant perd ses parents, il est orphelin. Quand un mari perd sa femme, il devient veuf et, réciproquement veuve. Mais quand un parent perd son fils ou sa fille, il n'existe rien», explique Nadia Bergougnoux. Ou presque. L'auteur du Ventre vide se mobilise pour faire reconnaître le mot «parange» dans les dictionnaires. Une initiative qui recueille le soutien de milliers d'anonymes et de personnalités, dont la Première dame de France Brigitte Macron. »*

*https://www.lefigaro.fr/langue-francaise/actu-des-mots/2018/04/27/37002-20180427ARTFIG00029-parange-un-neologisme-pour-dire-le-deuil-des-parents.phpce, Brigitte Macron.*

Je n'ai qu'une question. Une seule.

Les frères et sœurs qui restent comment les appelle-t-on !

« Les oubliés »   du drame

Il y a un plus de 40 ans s'arrêtait l'avant

et débutait l'après.


L'après disparition

Début du vingt et unième siècle, assise devant un thé, pensive et solitaire, je regardais d'un œil distrait les passants qui déambulaient en ce début d'été le long des planches de bois d'une station balnéaire.

Une femme était assise non loin de moi, présente et absente en même temps. Je la trouvais pensive, le regard triste perdu au loin sur l'horizon. La terrasse où nous étions assises faisait face à la plage, au rivage bleu azur qui happait à lui seul tout son regard.

De droite à gauche et inversement.

L'océan amenait de petites vagues douces, de façon rythmique, accompagnées d'une légère écume blanchâtre sur le rivage. A peine avaient-elles réussi à toucher le sable sec qu'elles repartaient par-delà l'océan, l'horizon.

Au loin tout est plat, rectiligne

Des enfants jouent sur le rivage, ils tentent de vider la mer avec leur seau sous le regard bienveillant des parents qui les surveillent.

Furtivement, son regard rencontre le mien.

Les prunelles de nos yeux se croisent. Je ne peux m'empêcher de plonger dans l'azur de son iris tandis qu'elle pénètre au fin fond de mon regard noir ébène.

Nous esquivons un sourire rosé.

Nous chuchotons un timide bonjour.

Un pseudo silence s'installe.

Puis une discussion remplie de banalité s'instaure machinalement.

Tout doucement le désir d'échanger s'installe.

Encore aujourd'hui, je ne sais pourquoi, elle me raconta son histoire. Besoin d'extérioriser, de se soulager.

Son vécu me touche, son passé et son présent m'interpellent.

Un demi-siècle de silence, d'oubli. Durant lequel elle a appris à faire son deuil tout en n'effaçant rien de sa mémoire.

Apprendre à vivre avec la fluctuation de sa douleur

comme un poignard enraciné au plus profond

de son cœur.

Saignement invisible savamment caché derrière des lèvres souriantes. La vie a pris le dessus, petits et grands bonheur.

Mariage, naissance des enfants qui font que la vie poursuit son chemin.

Elle vit avec mais n'oublie pas, plus le temps passe, plus son absence lui fait mal.

Douleur incurable.

Qui ne cesse de voler, planer autour d'elle.

Tantôt légère

Tantôt pesante

Milieu des années soixante.

Il était une fois

Quelques jours avant le début

de l'été

Une petite fille naissait. Au sein d'un couple souriant à la vie. Sourire de bonheur sur les photos de leur mariage. Cette petite fille aujourd'hui adulte ne se souvient pas d'avoir vu ses parents sourirent comme sur la photo de leur union, elle ne connait leur sourire que sur leurs photos.

Ses parents émerveillés la contemplaient, persuadés d'avoir donné naissance au bonheur. Premières images de la vie qui éclot, premières utopies. On veut y croire, mais à cet instant personne ne sait quel sera le chemin de vie de ce petit bébé. Loin d'imaginer tout ce qui pourra lui arriver.

Tout ce qu'elle vivra.

*« On ne sait aujourd'hui de quoi demain sera fait. » Simonide d'Amorgos*

*https://citations.ouest-france.fr/citation-simonide-damorgos/sait-aujourdhui-quoi-demain-sera-45529.html*

Son papa lui donnera un prénom, peu fréquent dans les années 60, mais qui a tendance à revenir de nos jours. Un prénom de star. Pour lui sa fille sera belle, distinguée, sera une star, aucun doute pour lui.

Contraction de Marie et de Hélène.

Marie de l'hébreu  Mar-Yâm.

Princesse de la mer.

Comme un hasard qui ne s'explique pas

Hélène du grec  Helê

Éclat du soleil. Elle adorera la chaleur, le soleil, couleur des cheveux de celui si chaud à son âme.

Du grec Midgal qui signifie

"Tour". Amour des vieilles pierres    ,

 qu'elle trouve magnifique.

Par quoi commencer !

Par le début, par aujourd'hui,

Il y a vingt ans, trente ans, quarante ans, que le temps passe vite

Il y a quelques heures,

Quelques secondes

un quart de siècle, un demi-siècle,

Peu importe

*Enchaînement de circonstances qui se compliquent mutuellement et dont on ne peut se dégager*

*enchaînement de faits qui aggrave une situation.*

*https://www.google.com/search?q*

*Si le destin est une roue, nous sommes le sable qui est pris au piège de l'engrenage.*

*Mario Scolas*

*https://citation-celebre.leparisien.fr/citation/engrenage*

Regarder intensément des engrenages

Qui tournent          Tournent inlassablement.

Avancent.             Reviennent en arrière

Tourbillonnent

La vie passe, les mêmes erreurs reviennent comme tout à chacun.

Commençons simplement

Pensées, par pensées

Idées par idées, comme elles décideront d'apparaître

Ce sont elles qui décident.

Ne pas donner d'ordre à son cerveau, à son esprit, son âme
Ne rien imposer à ses neurones.

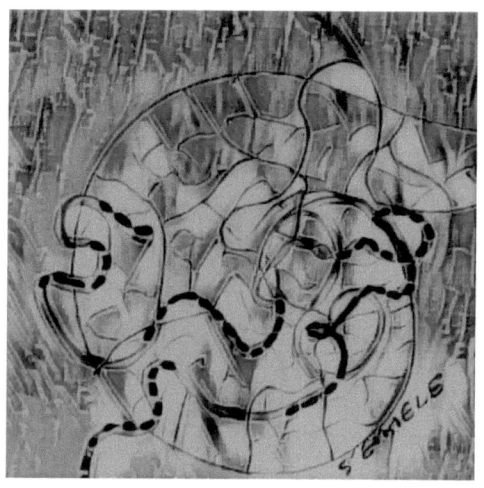

Seize années ont passé,

Comment se nomme-t-elle

Petit bébé né au milieu des années soixante.

Peut-être Lysa prénom qu'elle s'est inventé en lien avec ses filles, la première lettre de leur prénom, quatre filles, quatre princesses.

Nous sommes en été, non plus en juin comme lors de sa naissance, mais en juillet.

Tout n'a jamais été totalement rose, mais la vie s'est écoulée telle une mer qui s'agite de temps à autre.

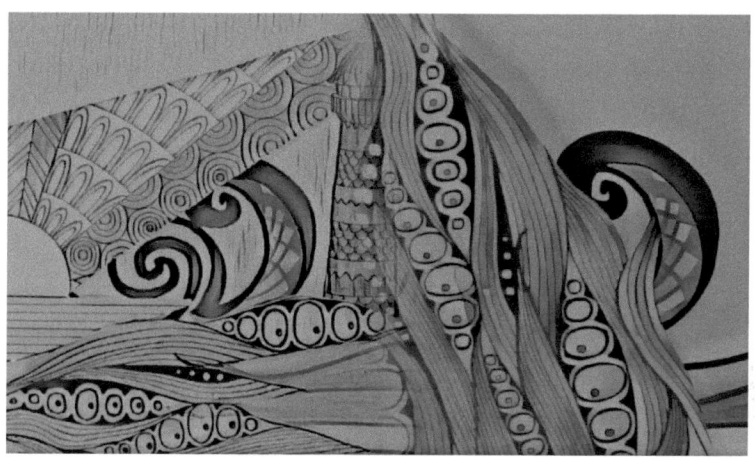

Petite fille devenue adolescente, sans heurt, sans révolte. Timide, avec des rêves plein la tête. Se racontant le soir avant de s'endormir des histoires dans la pénombre de sa chambre. Vraie petite chambre de fille, avec un lit fait de rosaces dorées. Coiffeuse blanche. Refuge de pureté.

Jolie comme son papa, le désirait, l'imaginait. Jeune fille renfermée sur elle-même, involontairement solitaire Il a fallu un certain matin pas comme les autres au bord de l'océan pour que tout bascule vers l'enfer.

Bien sûr il existe bien pire que cet enfer-là, si on regarde à l'échelle de l'humanité toute entière. Monde cruel, que cette petite fille même après plu d'un demi-siècle de vie, ne comprendra et n'admettra jamais.

Lorsqu'il nous arrive quelque chose, c'est bien connu, on ne voit que soit, son propre nombril. On se croit le plus malheureux du monde.

Les choix que feront Lysa dans les années qui suivront, lui apprendront à relativiser. Du moins, elle tentera de le faire, mais n'y parviendra pas toujours. Son cœur, même dans les périodes de bonheur, de joie à la vie, restera pour toujours meurtri. Il en voudra à qui, elle ne sait pas. Pourquoi faut-il que le malheur frappe en permanence sur terre des innocents qui n'ont rien demandés?

Jeune fille solitaire qui du jour au lendemain, se sentira abandonnée, oubliée

Dégout

Révolte

Incompréhension

Elle a appris à vivre avec la fluctuation de sa douleur comme un poignard enraciné au plus profond de son cœur.

Saignement invisible savamment caché derrière des lèvres souriantes. La vie a pris le dessus, petits et grands bonheur de l'existence.

Elle vit avec mais n'oublie pas, plus le temps passe, plus le manque lui fait mal.

Douleur incurable

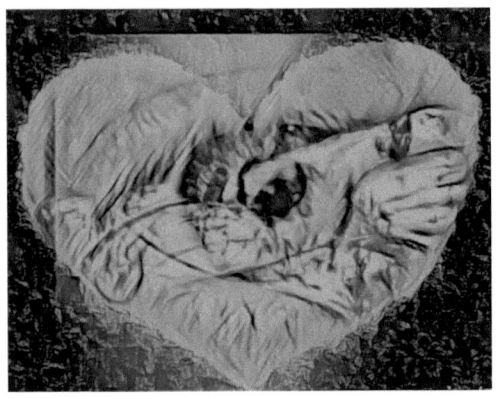

Non ce n'est pas possible, ce n'est qu'un horrible cauchemar.

« Réveille-toi, Lysa

Ouvre les yeux.

Allez ! Ouvre !

Regarde autour de toi. »

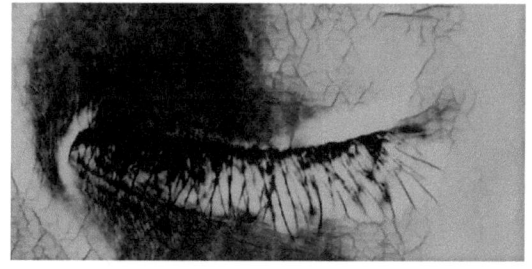

Plein de voix résonnent dans la tête de Lysa . Des voix masculines.

-       « Elle se réveille »

-       « Réveille-toi ».

Disent les voix qui se veulent être rassurantes.

Une sirène n'arrête pas de retentir.

-« Où suis-je ? »

Le bruit est infernal.

Ca tourne.

Ca bouge dans tous les sens.

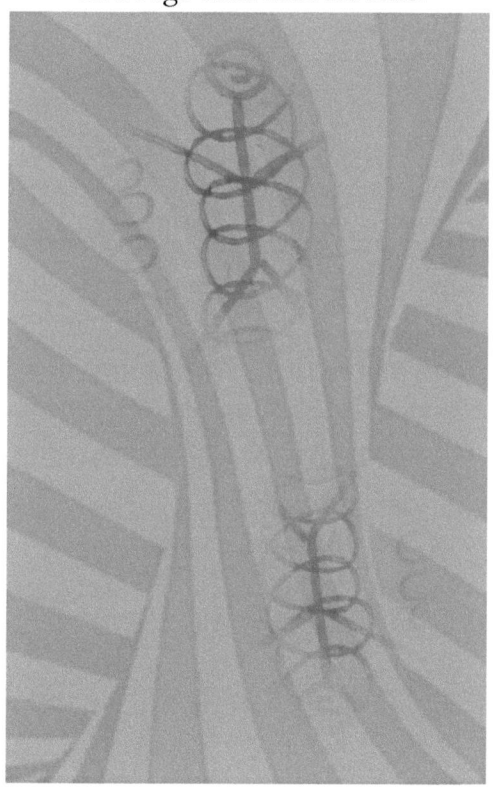

Lysa refuse d'ouvrir les yeux, elle veut se rendormir.
Replonger dans les bras de Morphée, dormir, dormir. C'est
la première fois qu'elle rêve aussi bruyamment, d'habitude
c'est silencieux. Doux avec souvent l'impression de tomber,
tomber. Elle tombe, elle descend. Combien de temps s'est
écoulé. Encore aujourd'hui elle ne s'en souvient pas. Elle
ne sait pas.

Pourquoi est-elle dans un lit d'hôpital ?

Aux urgences, pourtant elle n'a mal nulle part. Elle se sent juste extrêmement fatiguée, épuisée. L'impression d'être dans un monde parallèle

Tout d'un cou elle se rappelle.

Elle se souvient.

« Non ! Non ! Où est-il ? Pourquoi n'est-il pas là à côté d'elle ?

« Ah oui ;

on ne mélange pas hommes et femmes à l'hôpital. »

Quand elle a tourné la tête après avoir demandé de l'aide, il n'était plus là. Mais ils ont dû le retrouver. Il est là pas loin. Il est là à quelques mètres. Elle en est certaine.

Peur de toujours se perdre, panique, qui la poursuivra des années et des années.

Peur de l'abandon.

Peur d'être seule

Peur de l'obscurité

Peur panique quand elle ne voit pas où elle pose les pieds

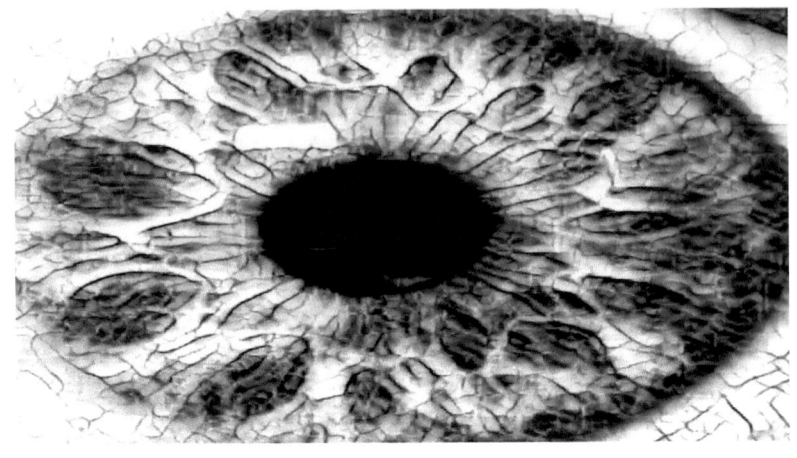

Lysa  timide, trop réservée ne demande rien. Personne ne lui dit rien. Le personnel soignant lui sourit. Trop de sourire. On lui indique simplement, quelle va monter dans une chambre.

« Pourquoi ? »

Elle va bien, elle veut rentrer chez elle. Ou plus précisément, à la location de vacances que ses parents louent depuis des années au même endroit. Au bord de l'atlantique, avec ses immenses plages, son océan tantôt fougueux, plein de vagues et de sensation, tantôt calme, plat, mais pas moins dangereux comme ce matin.

Et ses parents,

Papa, Maman,

« Pourquoi ne sont-ils pas là. Où sont-ils ? »

Personne ne les a prévenus qu'elle est à l'hôpital.

Ils vont s'inquiéter, il faut les prévenir de suite. Si elle rentre en retard elle va se faire gronder.

Tout d'un cou…

Dans le lit d'en face, il est là, ils l'ont retrouvé. Son petit frère est là en face d'elle dans un autre lit. Il ne l'a voit pas, il dort, il a l'air tout mou, sans réaction. Aucune machine n'est reliée à lui. Aucun tuyau. Il respire tout seul…

De nombreuses blouses blanches sont là autour de lui. Un médecin, dit, et cette phrase elle l'a encore aujourd'hui dans la tête.

«Y a plus grand-chose à faire »

Avec le marteau réflexe, on le tape à différents endroits, mais il ne réagit pas, aucun mouvement.

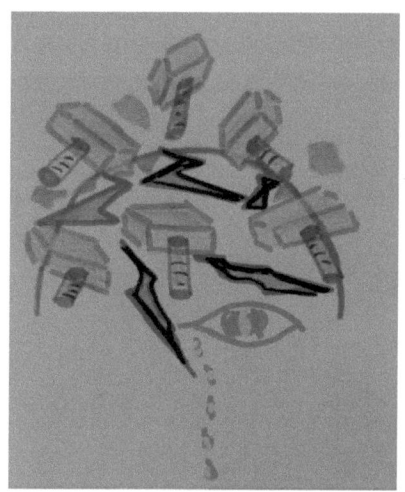

Tout seul il respire

Elle le regarde.

Dans ce lit en face du sien

Une sensation d'abandon l'envahit de partout

Qu'elle n'arrive pas à s'expliquer ni à comprendre

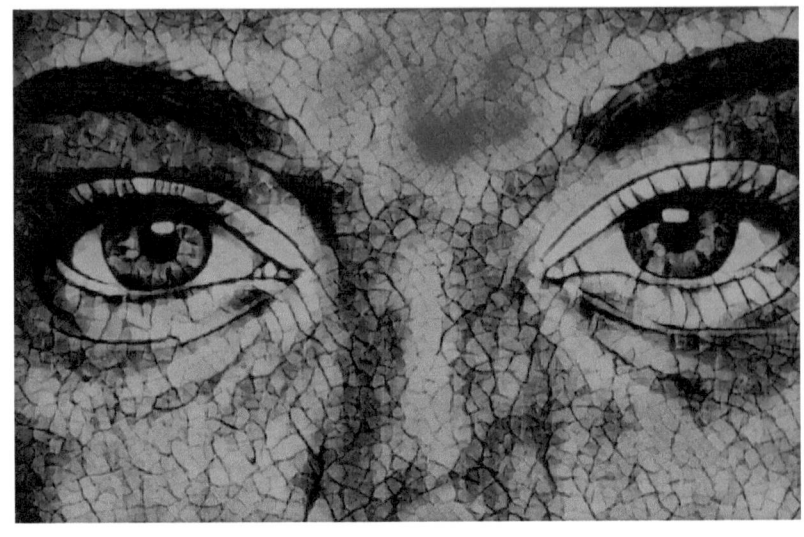

« Que se passe-t-il ? Il joue la comédie, il fait semblant. »

Tout d'un cou une infirmière réagit, dit au médecin :

« Chut !, la grande sœur est en face ! »

Lysa a nagé, vite, très vite afin de prévenir les secours. Elle l'a perdu mais ils l'ont retrouvé. Il a tellement nagé, nagé qu'il est épuisé, c'est pour cette raison, que lorsqu'elle l'a vu tout à l'heure dans le lit d'en face, il dormait profondément, ne réagissait pas. Elle n'aspire qu'à une chose, rentrer chez elle, finir les bagages dans la location et reprendre le train vers Paris. Aller en colo au mois d'aout avec lui. La même que l'année dernière.

Les rideaux autour de lui

se referment…

Et en moins de temps qu'il le faut pour le dire on monte Lysa.

Une chambre d'hôpital, un lit.

Une chambre double.

Le lit d'à côté, une mamie.


Pour le personnel soignant, Lysa et son frère, sont….

deux enfants qui ce matin, se sont noyés.

Noyés ! Noyés !

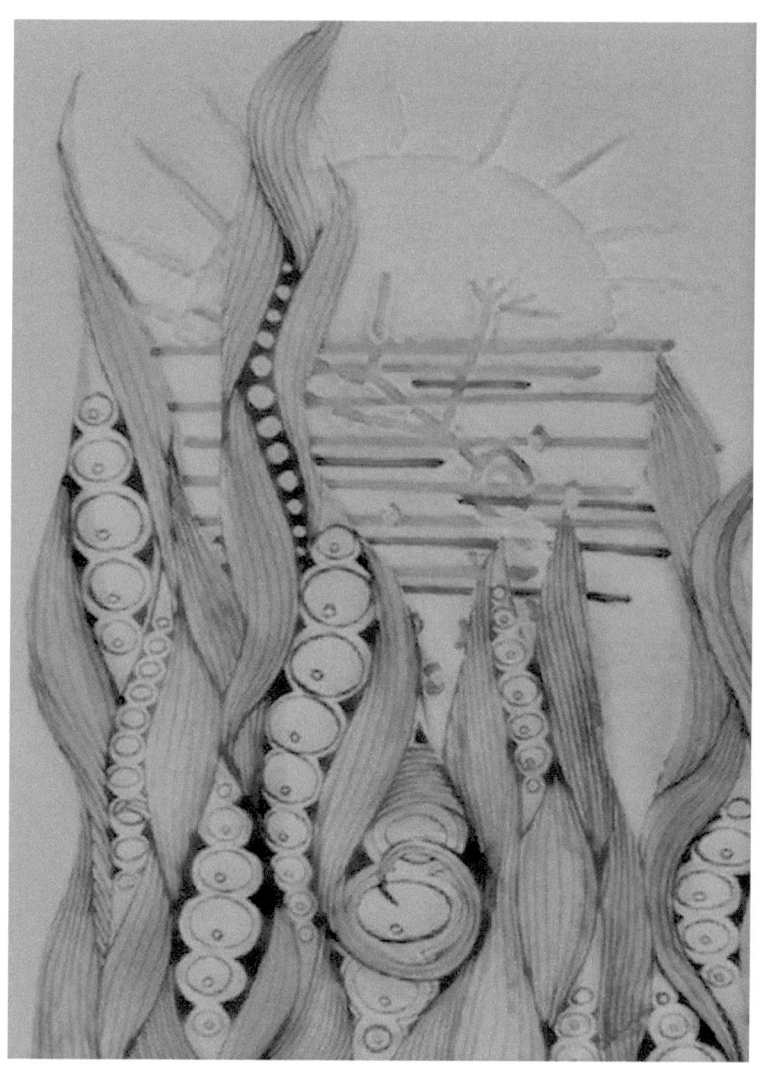

Un sourire. Lysa est rassurée, une vieille dame se trouve à côté d'elle.

La vieille dame lui parle un peu. Cela la rassure car Lysa a eu pour ainsi dire trois grandes mères (deux grandes tantes et une grand-mère). Deux grandes tantes qui la rassurent, avec qui elle adore passer du temps. Trois grands-mères qui aujourd'hui en 2 022 lui manquent. C'est pour cela que le sourire de cette vieille dame, qu'elle voit encore aujourd'hui lorsqu'elle ferme les yeux, l'avait rassuré.

Dans sa tête tout lui revient.

C'est la fin des vacances, avant dernier jour. Ce matin comme à chaque fin de vacances sa maman est allée chez le coiffeur. Papa est resté à la location pour commencer les bagages, tout doit être mis dans une malle en fer, que des employés des chemins de fer viendront chercher. Par magie, dans quelques jours, elle sera livrée à Paris. Voyagez léger dans le train. Sans s'encombrer.

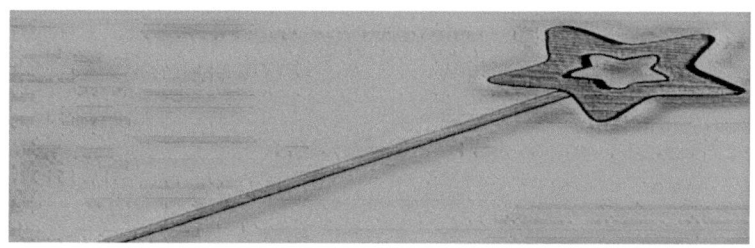

Avec son frère, Lysa désire aller à la plage. En profiter jusqu'au bout. Ils s'ennuient. Tous les deux sont des enfants sages, calment, sans histoire. Papa cède, ils partent tous les deux.

Dix minutes de marche, pour atteindre la plage.

Dix minutes qui aujourd'hui dans l'esprit de Lysa semblent une éternité.

Depuis des années, en s'endormant, quelques fois elle revoit, ce chemin, cette route vers la plage, qui lui paraît interminable. Elle n'en voit pas le bout. Pourquoi elle marche sur le trottoir de gauche, et son petit frère sur celui de droite. Ils se font la tête.

« Pourquoi ? »

Quarante ans après, elle n'arrive toujours pas à s'en souvenir, une obsession. Arrivée à la plage, l'océan est calme, plat, il est à peine onze heures du matin.

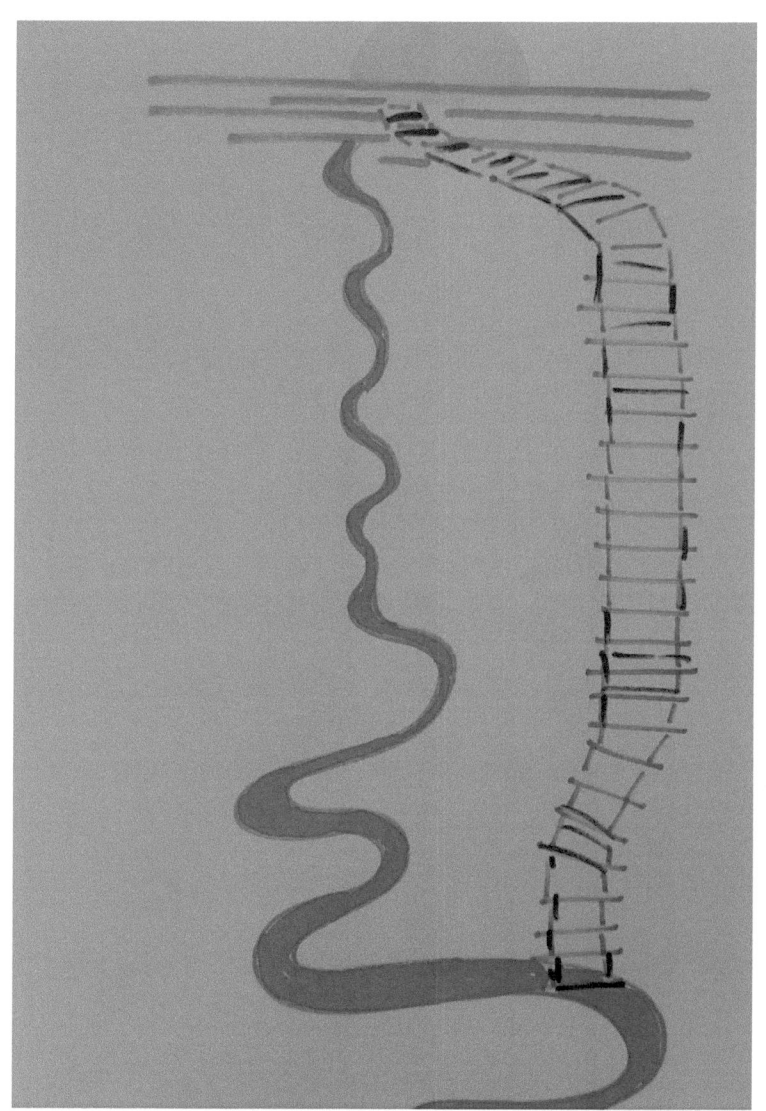

Papa a fait promettre de ne pas se baigner avant onze heures, début de la baignade surveillée. Ils respecteront la consigne. OUI OUI

Onze heures !

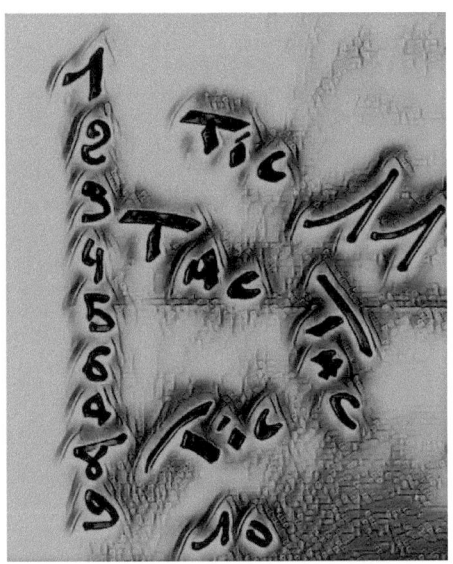

Il ne veut pas. Il fait la tête,

« Pourquoi ? Quelle en est la raison ? »

« POURQUOI ? »

Aujourd'hui, elle cherche, elle ne se souvient pas, elle veut se souvenir. Est-ce que inconsciemment il savait qu'il ne devait pas se baigner, mais ne pouvait l'exprimer, le comprendre. C'est de sa faute, elle lui a demandé de venir se baigner avec elle, alors qu'il ne le désirait pas. Ces petits signaux que l'on ressent quelques fois, que l'on ne sait pas interpréter.

Intuition ou signe irréel

Lysa va au bord de l'eau, en teste la température, elle est agréable.

Elle retourne le chercher, il se décide à venir avec elle.

Elle lui a demandé de venir se baigner avec elle

alors qu'il ne le désirait pas.


Tout est calme, plat, peu de gens sur la plage. Trop calme.
Sensation ouateuse, paisible, feutré, calme, endormi,
Comme ça le sera des dizaines d'années plus tard lorsqu'elle
reviendra sur le lieu du drame

# Lysa y est retournée

## Lysa s'est crue dans une bulle, un monde irréel quand elle y est retournée

Lysa a remonté cette même rue qui lui a paru, toute petite, et plate, beaucoup moins large que dans ses souvenirs, comme si elle avait rétrécie, ne montait plus. En 1980 cette rue lui avait parue une éternité, ce fatidique jour, comme si lui et elle n'arrivaient pas à la gravir.

Comme si une force obscure leur interdisait de monter

Comme si tous les deux n'arrivaient pas à atteindre le destin qui les attendait.

Elle ne l'a pas remonté jusqu'au en haut a tourné à gauche à mi-chemin.

Lors de son retour, l'océan était aussi plat qu'il y a quarante ans, sans vague, un silence pesant.

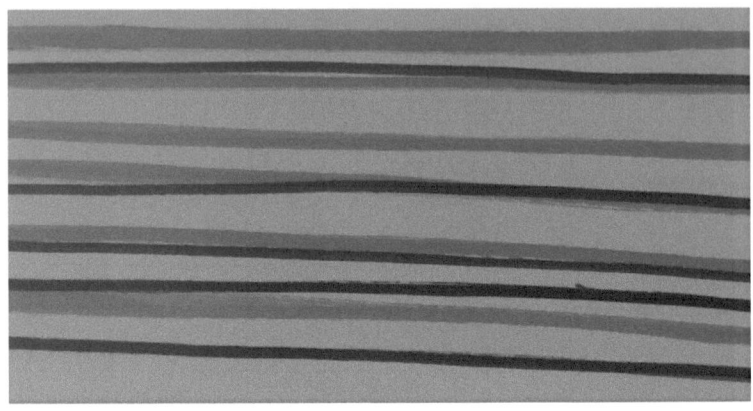

Il aurait mieux fait d'y avoir des vagues

Pourquoi ?

Quand il est plat,

Est-il mille fois plus dangereux !

Cela faisait plus de quarante ans, qu'elle voulait revenir.

Pourquoi a-t-il  fallu autant de temps, pour mettre à bien sa promesse.

Un hasard, une rencontre.

Se sentir en confiance.


Au fond d'elle Lysa sait qu'elle doit de nouveau y retourner, seule la prochaine fois.

Tous les deux se baignent, nagent, de gauche à droite, de droite à gauche. Et puis l'idée leur prend de nager un peu vers le lointain, car la profondeur de l'eau est basse, non propice pour à la natation.

Elle a tout juste seize ans.

Il a 10 ans et demi.

Ils nagent vers le loin, trois, quatre brasses, peut-être une de plus.

Ils se retournent, ils sont loin du rivage, ils veulent se reposer avant de revenir, se mettent debout. Ils n'ont plus pied.

« T'inquiète pas, on va rentrer tranquillement » lui dit-elle.

Le courant veut absolument les ramener vers le lointain, elle fait des signes, au loin, vers le rivage, personnes ne les voit, même pas les maîtres-nageurs en haut de leur « échelle ».

« Je suis fatigué » lui dit-il, il panique

Un monsieur, chauve n'est pas loin, elle lui dit que son petit frère a du mal à nager, elle hurle. Il lui fait non de la tête. Il part. L'homme s'enfuit à la nage.

Elle se retourne, il n'est plus là. Où est-il ? Elle regarde partout. Elle nage, vite, vite très vite vers le rivage. Elle n'aura jamais nagé aussi vite de sa vie. Elle avertit les maîtres-nageurs, elle hurle.

Elle s'écroule, elle les voit partir vers le lointain.

Elle n'arrive plus à respirer.

Et plus rien. Elle n'entend que des voix, des curieux.

Une phrase qui dit :

« Pas prudent, de laisser deux enfants sur la plage se baigner seuls, où sont les parents ?

Plus rien.

Trou noir.

Trou noir aujourd'hui panique dans le noir, ne voit rien, du mal à s'orienter.

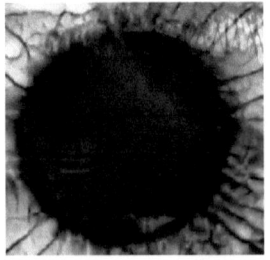

Absence de souvenir.

A cet instant précis. Elle croit qu'elle est en train de faire un cauchemar, refuse de se réveiller

Plein de voix résonne dans la tête de Lysa. Des voix masculines. Elle entrouvre les yeux. Elle se persuade qu'elle est en train de faire un cauchemar.

Refuse de se réveiller

« Elle se réveille »

« Réveille-toi »

Disent les voix masculines qui se veulent être rassurantes.

Une sirène n'arrête pas de retentir. Où suis-je ?

Le bruit est infernal.

Lysa refuse d'ouvrir les yeux, elle veut redormir. Replonger dans les bras de Morphée, dormir, dormir. C'est la première fois qu'elle rêve aussi bruyamment, d'habitude c'est silencieux. Doux avec souvent l'impression de tomber, tomber. Elle tombe, elle descend. Combien de temps s'est écoulé. Encore aujourd'hui elle ne s'en souvient pas.

Lysa  adore Alice aux pays des merveilles, lorsqu'elle descend vers un monde magique et irréel.

Une fois dans la chambre on l'amènera, faire une radio des poumons afin d'être sûr qu'elle n'est pas inhaler d'eau de mer. Pour le personnel soignant Lysa et son frère, sont deux enfants qui ce matin, se sont noyés.

Noyés ! Noyés !

Lysa a nagé, vite, très vite afin de prévenir les secours. Ils l'ont retrouvé. Il a tellement nagé, nagé qu'il est épuisé, c'est pour cette raison, que lorsqu'elle l'a vu tout à l'heure dans le lit d'en face, il dormait profondément, ne réagissait pas.

Elle veut rentrer chez elle, finir les bagages dans la location reprendre le train vers Paris, allez en colonie au mois d'aout avec lui. La même que l'année dernière

Comme d'habitude, elle ne demande rien, n'ose pas

« Allez demande, Lysa, demande, tu ne comprends pas tout ce qui se passe, ici autour de toi. ».

De retour dans la chambre, ses parents arrivent. Ils ont l'air en colère, surtout sa mère, regard noir de colère. Ce ne sont pas à cet instant des yeux tristes mais des yeux de haine que sa maman lui lancera. Lysa pense qu'elle va se faire gronder. Recevoir des remarques déplaisantes de la part de sa mère. Elle a l'habitude. Lysa avait, et aura toujours le sentiment de ne pas faire les choses bien, reproches continuels de la part de sa maman qui ne feront que s'empirer dans les années qui suivront.

Regard très dur, qu'elle gardera jusqu'à la fin de sa vie.

Qu'elle lui lancera maintes et maintes fois.

Ils ne restent pas longtemps, ne disent rien.

Ne lui expliquent rien.

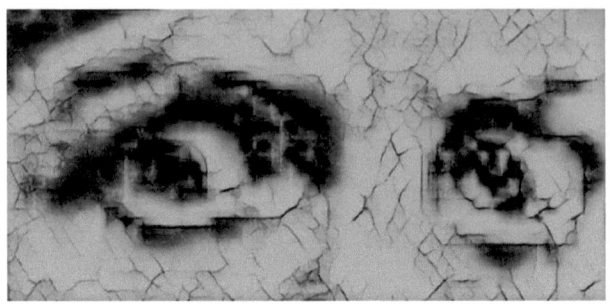

Absence de dialogue, jusqu'à la fin de leur vie.


Repartent.


On ne lui dit rien,

On ne lui parle de rien.

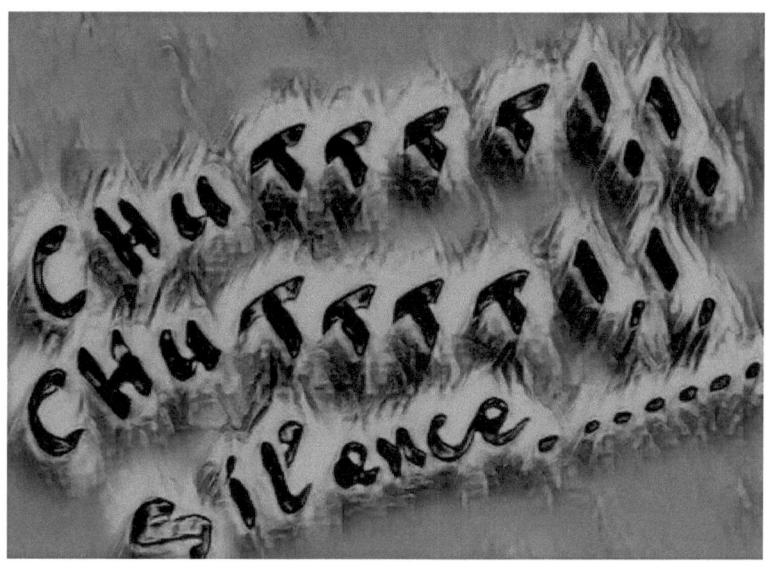

Lysa découvre que son petit frère a pris l'hélicoptère pour arriver à l'hôpital, elle est contente pour lui car il rêvait d'y monter depuis longtemps.

« Génial, tu me raconteras, lorsque l'on sera rentré à Paris. En colonie ce n'est pas les copains qui pourront dire, j'ai fait un tour en hélicoptère ».

Tous les deux se sont noyés, elle est vivante, donc lui, l'est aussi, Lysa n'imagine pas un instant qu'il pourrait être mort. On vient voir Lysa dans sa chambre, un sauveteur lui demandera de raconter ce qui s'est passé. C'est la seule personne, qui s'intéressera, lui demandera ce qui s'est passé. Il lui dira qu'elle n'a rien fait de mal, que c'est juste administratif. Ce monsieur est très gentil. C'est la seul personne qui lui dira « Tu n'as rien fait de mal  ma grande

Tout va aller mieux, la vie continue »

Comme un message qu'il lui envoie

Qu'elle ne comprend pas de suite

Car elle n'a pas tous les éléments


Même si tout son être est comme

Étouffé de panique

Lysa sort de l'hôpital le lendemain, elle ne sait plus comment, avec qui, elle est de retour à la location.

« Où est-il ? » pense-t-elle en silence dans sa tête.

# SILENCE

# ABSCENCE DE DIALOGUE

# NON DIT

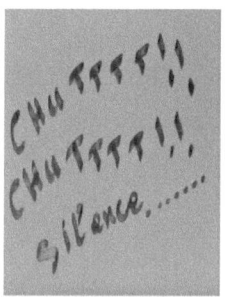

*"Le silence est plus tapageur que tout."*

*De Amélie Nothomb / Mercure*

*http://evene.lefigaro.fr/citations/amelie-nothomb?page=3*

« Pourquoi n'est-il pas rentré avec elle, il doit être reposé maintenant, faut pas exagérer quand même ! »

Ses parents la regardent. C'est son papa qui parle, ton petit frère n'est plus, il est décédé. Lysa ne comprends pas de suite, ne réalise pas de suite l'intensité, la teneur des mots qu'elle vient d'entendre. Elle reste là, immobile quelques instants sans bouger, puis s'enfuit sans dire un mot dans la chambre, sur le lit, elle s'affale le chagrin l'envahit, une horreur sèche et irréelle, les larmes n'arrivent pas à couler, ses yeux restent secs.


De nouveau à cet instant, son esprit, lui dit :

« Réveille-toi, Lysa , réveille-toi ! »

Jamais elle n'a fait un cauchemar aussi long, sensation de délire irréel.

« Que se passe-t-il ? »

Lysa  n'a pourtant pas fait de crise effrayante. Mais ses parents appellent un médecin, il lui fait une piqûre de tranquillisant.

**Ses yeux se ferment.**

**Dormir,**

**Se détendre.**

La machine non pas à remonter le temps mais à reculer le temps va se mettre en route. Les engrenages tournent dans l'autre sens

Elle est réparée.

Elle va ramener Lysa à ce matin, réveil petit déjeuner, plage, baignade. Tout va bien. Le sommeil l'envahit totalement.

Lumière aveuglante, dans la chambre au petit matin. Aujourd'hui, il fait beau, dernier jour de plage, avant le retour sur Paris, fin des vacances. Lysa se lève, tient son petit frère est déjà levé. Il n'est pas dans son lit.

Elle se dirige, vers l'extérieur de la chambre, toilette, direction petit déjeuner.

Ses parents sont là, à la table du jardin, muets, absents, sensation de tristesse, de colère.

« Comment vas-tu ? As-tu Bien dormi ?

C'est comme un énorme boomerang, qui revient, lui tape sur la tête. Le cauchemar est bien réel, son petit frère n'est plus, leur baignade d'hier, l'a englouti à jamais.

. Il est parti là-haut, tout là-haut. Lysa est intimement persuadé, et le sera toujours, qu'il est quelques part, mais où

**?**

Depuis cette fatidique matinée, régulièrement, elle sent sa présence près d'elle. Elle n'en parlera jamais à personne, de peur qu'on la prenne pour une folle.

Sur son chemin, elle a croisé quelques fois par hasard diseurs de bonnes aventures, et autres personnes du même milieu, lui affirmant qu'un ange gardien la protégeait. Pourtant la vie n'a pas toujours été rose. Il fait ce qu'il peut.

Regard sévère, de colère de sa mère quand elle la regarde. Yeux de haine que sa maman gardera jusqu'à son dernier souffle.

A cet instant même, Lysa comprends que sa vie vient de changer. Plus rien ne sera comme avant, comme il y a à peine 24 heures. Demain, il faut reprendre le train, pour rentrer. Durant le retour, aucune parole. Il faut prendre deux trains, un petit omnibus, jusqu'à Bordeaux. Puis le grand train jusqu'à Paris. Dans l'omnibus, qui les mène, vers Bordeaux, ce sont des compartiments. Lysa va dans le couloir, ouvre une fenêtre. Elle regarde le paysage défilé, les larmes aux yeux, de vraies larmes humides, de l'eau salée, envahit son visage. Enfin les larmes acceptent de couler

Personnene verra ses larmes.

Combien de temps reste-t-elle ainsi à la fenêtre ?

Longtemps ! Longtemps !

Quand elle ne sait pas, mais elle se l'est promis,  elle reviendra sur le lieu du cauchemar.


Elle y reviendra quarante ans après

*"Accepter l'inévitable sans révolte, ne pas s'apitoyer sur soi, penser encore à être utile, bien sûr, c'est cela le courage, beaucoup plus que des actes héroïques."*

*Daniel Picouly / L'enfant léopard*

*http://evene.lefigaro.fr/citations/mot.php?mot=apitoiement*

Elle redoute le retour à Paris.

Elle ne veut pas que les gens s'apitoient, elle ne veut pas que les gens sachent, ça ne les regardent pas.

C'est son histoire à elle, et à personne d'autre.


Elle redoute de se retrouver, face aux personnes en rentrant, face à celles qui savent déjà. Elle ne veut pas les voir, elle ne veut pas croiser leur regard. Elle ne veut pas de leur compassion, de leur peine, de leur bras, de leur embrassade.


**Non,**

**Non**

**Non**


Retour à Paris, les concierges que ses parents et elle connaissent bien, des gens adorables. Leur fille était amie avec son petit frère. A son arrivée dans le hall de l'immeuble, ils sortent pour faire leurs condoléances. Lysa marche sans croiser leurs regards, elle ne veut pas de leur compassion, de leur peine, de leur bras, de leur embrassade.

Elle ne les acceptera de personne.

Dans les années qui suivront, elle ne saura pas, n'arrivera pas à les dire aux autres personnes. Fuira, sera considérée comme impolie pour beaucoup de gens qu'elle croisera, avec toujours cette sentinelle phrase :

« Ça ne se fait pas, on doit dire ses condoléances ».

Même à l'âge adulte, elle ne n'y arrive toujours pas; à chaque fois qu'elle prend connaissance du décès de quelqu'un, même inconnu, sa gorge se sert, une angoisse monte.

*Je me suis demandée au bout de combien de temps le délai raisonnable où l'on était censé exprimer de la compassion pour le deuil de quelqu'un d'autre arrivait à expiration. Jamais sans doute.*

*Les lieux sombres de Gillian Flynn*

*https://www.dicocitations.com/citation_auteur_ajout/95053.php*

Tout ceci est paradoxal

Explicable

Ou non explicable !!!


*« Ce qui t'a été donné te sera repris" : ta vie entière sera rythmée par le deuil. »*

*De Amélie Nothomb / Mercure*

*http://evene.lefigaro.fr/citations/amelie-nothomb?page=3*

La vie a repris son cours, le temps et les années passent. Ne se ressemblent pas, s'assemblent entre elles. Son petit frère est devenu un sujet tabou. On n'en parle jamais.

Jamais elle n'a pu, jamais on lui a demandé de raconter ce qu'il s'était passé.

Personne ne parle de lui.

Depuis qu'il est parti, personne n'a plus jamais parlé de lui

Sa mère ne va pas bien, elle fait des crises, pleure, veut se mettre la tête dans le four le gaz ouvert, devient exécrable, prend des cachets qui ne font pas bon ménage avec l'alcool. Lysa ne fait qu'entendre cette phrase :

« Ta pauvre maman, faut avoir pitié d'elle, faut s'en occuper ! »

Lysa se sent invisible

Lysa se sent abandonnée.

Lysa, comment va-t-elle ?

Personne ne lui demande sauf ses trois grand- mères, qui essaieront en vain de raisonner ses parents, si on peut appeler cela raisonner.

Avec le temps, à l'âge adulte, quand elle rencontrera des personnes, qui lui demanderont as-tu un frère ? Une sœur ? et qu'elle répondra j'avais mais …

Il y a comme un froid, les gens sont gênés.

## POURQUOI ?

Comme ta maman a du souffrir.

Oui Lysa le comprends mais elle … quelqu'un s'est-il un jour demandé si elle souffrait, elle derrière son sourire, derrière ses silences.

Même le médecin de famille, qui fera de sa mère une droguée aux somnifères et antidépresseurs, ne lui demandera jamais, et toi, Lysa comment vas-tu ?

Silence, car du coup on ose plu en parler, on se renferme.


## SILENCE ! SILENCE !

C'est affreux de perdre un enfant, mais elle existe. Elle est là sur cette terre. Elle n'a pas disparu, elle. Maintes et maintes de fois, elle pensera que c'est elle qui aurait dû partir. Que sa mère aurait eu moins de chagrin. Il n'est plus là, ils s'entendaient très bien tous les deux, frère et sœur.

Lysa ira au cimetière mais toujours toute seule.

Une seule et unique fois, elle ira avec ses parents, quelques temps après l'enterrement. Auquel, elle n'a pas assisté. Ses parents avaient jugé qu'il serait trop dur pour elle qu'elle y assiste, on ne lui a pas demandé son avis, on a décidé pour elle. Et elle n'a rien dit. Ses parents veulent lui montrer, où, il est enfoui, oui elle dit enfoui, sous terre, caché. Pour elle, il est là, à côté d'elle, toujours il sera là, et un jour l'accueillera. Elle ne sait pas quand, personne ne le sait, mais un jour, un petit garçon de dix ans la prendra dans ses bras et la consolera.

Elle se demande où on va après, et cela lui fiche une trouille terrible. Tout ceci est paradoxale car tout au fond de son cœur, elle est persuadée, qu'il est là, et qu'un jour, elle le retrouvera. Qu'il l'a rassurera le moment venu.

Parce qu'elle se pose toujours la  même question. La mort est un sujet qui fige tout son être et l'empêche de penser normalement. Elle ne parvient pas à accepter le fait qu'un jour elle ne sentira plus, n'entendra plus, n'aimera plus, n'existera plus et pourtant elle a une envie folle de le revoir.

Certaines paroles de chanson

Lui font monter les larmes aux yeux


A sa façon, elle les réécrit

Sans aucun rapport

Avec le sujet initial

« Au bord du rivage

Je m'étais endormi, quand soudain, semblant sorti de nulle part surgit son sourire

Il avait les yeux couleur de la mer, des cheveux de la couleur des rayons du soleil

De ses doigts il a touché mon sourire

Dans ma main il a glissé son âme

C'est alors que je l'ai reconnu,

Surgissant du passé,

Il m'était revenu

Emmène-moi, retournons au pays d'autre fois

Dans les rêves d'enfant

Lentement, tel un Djinn je le vis gambader

Retournons au pays d'autrefois Comme avant dans nos rêves d'enfant

Ramasser en trépidant et papillotant

des étoiles filantes »

*Inspiré de L'aigle noir Barbara*

Elle assistera aussi à une messe souvenir, que le curé de la paroisse donnera pour lui. Elle insultera le curé face à son discours. Elle se fera gronder. Ils n'ont rien compris.

Sa vie depuis l'année 80, aura des hauts et des bas comme tout à chacun. Plus les années passent, plus il lui manque.

Un petit garçon de dix ans, l'attend quelques part, là-haut, elle lui manque, il lui manque éperdument. Quand elle ne va pas bien, elle lui parle, lui demande de l'aide. Il lui apporte. Elle se confie. Il écoute patiemment

Souvent elle ira déposer des fleurs,

Elle n'a pas pu lui dire au revoir

Alors il ne partira jamais

Il sera toujours là près d'elle

Elle n'a pas pu lui dire au revoir

Un jour, elle entendra sa mère dire à, elle ne sait plus qui

« Quand je vais sur sa tombe, il y a des fleurs, je ne sais pas qui vient les déposer? »

A-t-elle un instant pu imaginer que se pouvait être Lysa qui venait les déposer.

Depuis que ses parents sont partis eux aussi, elle va de moins en moins souvent au cimetière.

Pourquoi ?

Ils sont tous les trois l'un au-dessus de l'autre dans un caveau. Il a été prévu une dernière place, pour elle. La place de choix tout en haut, alors que depuis des années, la sensation de n'avoir plus existé à leurs yeux est présente.

Elle ne veut pas de cet endroit. Elle le refuse.

A chaque voyage en avion, Lysa ferme les yeux, et lui parle, parle, raconte, rêve. Elle adore prendre l'avion. Maintes fois elle a osé traverser l'océan Atlantique, crier victoire en descendant de l'avion.

Car c'est l'océan qui l'a un jour happé

Par le hublot son regard le cherche au milieu de l'océan. Puis tout doucement, ses yeux se lèvent et lui cherchent le nuage le plus moelleux.

D'où il lui fait signe.

D'où il se repose.

D'où il veille sur elle

Douceur. Blancheur

« Parfois je pense à toi, dans les avions je me rapproche

« M'entends-tu ? Me vois-tu ?

Que dirais tu toi si tu étais encore là

Des signes que tu m'envoies

T'es là, pas loin, je le sais. Qu'aurais tu fais si tu étais resté

Pourquoi t'es-tu envolé si tôt ? Si loin, si haut

Tu m'envoies des signes

Conversation imaginaire avec des gens qui ne sont plus sur terre

Qui comme toi se sont envolés T'ont rejoins

Je n'ai pas su m'occuper d'elle

Elle n'a pas su m'aimer, elle a essayé, mais mal.

Me sentir oubliée à l'oublier A devenir indifférente

A ne pas comprendre, à lui en vouloir

A ne pas savoir pardonner A lui en vouloir encore aujourd'hui

Ses dernières paroles raisonnent comme une douleur incurable

*»Inspiré de Louane Si t'étais là*

*Nous croyons parfois avoir tout oublié, que la rouille et la poussière des ans ont désormais complètement détruit ce que nous avons un jour confié à leur voracité. Mais il suffit d'un son, d'une odeur, d'un contact furtif et inopiné pour que soudain, les alluvions du temps tombent sur nous sans compassion et que la mémoire s'illumine avec la brillance et la fureur de l'éclair.*

*La pluie jaune - Julio Llamazares*

*https://www.dicocitations.com/citations-mot-compassion-2.php*

Mercredi

Vacances scolaires

Paris

Ses parents n'ont jamais compris, surtout sa maman. Que cela soit en vacances ou pendant l'année scolaire. Lysa ne sort pas, ne voit pas une amie chaque mercredi, chaque week-end. Maintes et maintes fois, sa mère l'a «engueulée» en revenant du travail. Elle travaillait non loin du domicile.

«Tu as passé ton mercredi, ton samedi après-midi, toute seule, j'ai vu ceux de ta classe sont tous ensemble sur le boulevard »

Lysa finira par si on peut dire trouver une solution,

elle mentira. Dira qu'elle sort avec une copine.

Quelques fois se sera vrai

Mais souvent non, elle trainera à Beaubourg, ou dans les magasins, seule, attendant que l'après-midi passe.

Les jours où le temps lui paraissait trop long, elle rentre plus tôt, et file au cinquième étage, chez ses grandes tantes, qui ne cafteront jamais.


A trainer ainsi, il ne lui ai jamais rien arrivé, sans doute grâce à son ange gardien.

Un peu, beaucoup, légèrement solitaire. Elle adore descendre l'étage d'en dessous, passer tout simplement l'après-midi chez ses grandes tantes, les deux sœurs de sa grand-mère paternelle. Elle n'a jamais connu cette dernière et réciproquement. Elles sont comme deux grands-mères. Refuge de gentillesse et de compréhension. Encore aujourd'hui souvent, elle pense à elles.

Comme elle adore aller chez sa grand-mère maternelle : Mémée, y passer quelques jours.

Comme elle prendra soin de rester avec elle, quand cette dernière vient à Paris chez sa fille. Mémée lui avouera un jour qu'elle ne supporte plus de voir sa propre fille toujours risque. Lysa ne saura quoi lui répondre.

Mémée trouve que Lysa est bien courageuse, elle lui dira.

Qu'elle profession choisira Lysa ?

Plus tard, comme métier, elle veut s'occuper des enfants. Elle décide de devenir infirmière puéricultrice. Elle a besoin de comprendre certaines choses.

Pourquoi cette fameuse journée aux urgences son frère, était là « vivant » étendu sur ce lit, respirant seul. Et que quelques heures après on lui annonce qu'il est mort La phrase de ses parents, il serait devenu un légume, on a pris la décision de tout arrêter. Ils ne lui ont pas dit directement, mais elle a entendu qu'ils l'ont dit.

Aujourd'hui, année 2 022, Lysa s'est toujours dit qu'un jour elle demanderait son dossier médical, pour tout comprendre. Elle ne l'a toujours pas fait.

Grâce à ses études d'infirmière, elle a compris certaines choses. Mais pas tout.

Une question la tenaille.

Comment le corps médical a-t-il pris une décision aussi rapide. On n'a même pas laissé quelques jours à ce petit garçon de 10 ans et demi, pour peut être prouvé qu'il pouvait revenir à la vie. Quelque chose lui voile la face. La vérité ou alors n'aurait-il pas été plus honnête de lui dire. « Il s'est arrêté de respirer, les médecins ont préférés ne rien faire au vu des séquelles du cerveau »

-

Mais on ne lui a jamais rien dit, expliqué.

Là en ce moment, en 2 022, elle ne sait pas comment il est mort. Il s'est noyé oui, mais il est arrivé devant elle, complètement endormi, mou, respirant tout seul.......que s'est-il passé durant les quelques heures qui ont suivi son arrivée à l'hôpital.

A peine 24 heures.

Que s'est-il passé avant, dans l'hélicoptère, sur la plage ?

On ne lui a pas laissé le temps de le revoir avant qu'il parte, on ne lui a pas laissé le droit de la laisser lui dire au revoir.

Dans son esprit,

Tout au fond de son âme :

Elle ne l'a jamais vu mort.

Rentrée scolaire septembre 1 980

Retour de vacances de l'été 1 980

Ses deux grandes tantes sont en vacances sur la côte Normande. La plus jeune surnommée P est au courant. Son papa lui a annoncé la nouvelle par téléphone, l'autre n'est pas encore au courant. Tous les trois vont aller passer quelques jours à Villers, regard de tendresse de la part de ses deux grandes tâtas. Se sont-elles qui diront aux parents de Lysa, il faut continuer à vivre pour elle. Seize ans elle a toute la vie devant elle. Il faut retrouver gout à la vie pour elle. Ils n'ont pas entendu. Ils n'entendront jamais leur parole pourtant si sage. Pas facile à mettre en pratique mais si sage.

Depuis ce triste jour, Lysa ne pleure pas. Dès qu'elle réalise qu'il n'est plus là, elle éprouve panique, angoisse, tristesse, mais avec très très peu de larmes. A Villers ses parents lui disent qu'il faut prévenir, tenir au courant ses amies de lycée de ce qu'il vient de lui arriver. Elle ne peut pas les appeler au téléphone pour leur dire, elle en est incapable. Ah si les téléphones portables, les SMS avaient existé dans les années 80. Alors elle trouve une solution, elle va écrire des cartes postales. Elle commence ses cartes postales de manières très banales.

Vacances, mer, soleil

Et elle les finit avec une petite phrase, écrite en petit. Tout
en bas de la carte postale. Quelques mots pas plus....

Bonjour

Les vacances se sont bien pass

Rentrée à Paris

Bise

Marlène

Mon petit frère s'est noyé, il est mort

« Cet été mon frère est mort »

De retour à Paris, des amies viendront lui rendre visite.

Une bise, un sourire.

Mais pas de parole.

Elle n'a rien à dire. Elle n'en a pas le désire.

Elles respectent. Merci.

Début septembre la rentrée scolaire, elle n'en parlera pas. Année de première Sera reçue chez la proviseure du lycée suite à la visite de ses parents chez cette dernière. Elle lui dira tout va bien, votre discours ne m'intéresse pas. Cette année scolaire, Lysa ne s'en souvient pas, comme si elle n'avait pas existée. Elle redouble, cela ne l'a gêne pas. Peu importe, comme ça l'année prochaine, dans la classe personne ne saura se qui lui est arrivé.

Les années passent

Lysa  grandit, se marie,

a des enfants

Pacifique dans l'âme qui aimerait vivre dans un monde de douceur perpétuelle. L'agressivité lui fait mal, l'insupporte, elle ne l'accepte pas. Tel un poignard qui lui transperce le cœur quand elle la croise autour d'elle.

Elle la sent arriver à des années lumières prêté à attaquer. Elle lui met les larmes aux yeux, une douleur dans les omoplates et le dos que nul antalgique ne calmera. Dans ces moments-là, elle se sent comme

Seule au monde,

Perdue,

Dégouttée,

Ecœurée.

Aujourd'hui elle n'est la fille, ni la nièce, ni la sœur de personne. Comme si elle n'avait plu de lien avec son enfance puisque tous ceux qui étaient présents lorsqu'elle était enfant, ado, sont partis dans les étoiles.

Sentiment de solitude depuis l'enfance entrecoupée de quelques intermèdes.

Comme tout le monde Lysa a fait des erreurs, elle a toujours essayé d'écouter son cœur plutôt que sa raison. Souvent au cours de sa vie, , elle s'est demandée si elle serait satisfaite si son existence s'arrêtait là. Elle refuse de se dire qu'elle est à l'heure du bilan, elle a encore des projets, même si elle se dit, qu'elle n'aura peut-être pas le temps.

Souvent elle ne sait pourquoi, son cœur bat la chamade, Il tremble, sa main gauche posée sur sa poitrine, elle le sent se soulever affolé.

Trembler de peur.

Un étau apparait autour de la gorge.


Elle respire. Ne dit plus rien.

N'ose pas hurler.

Reste paralysée attendant la fin de l'orage

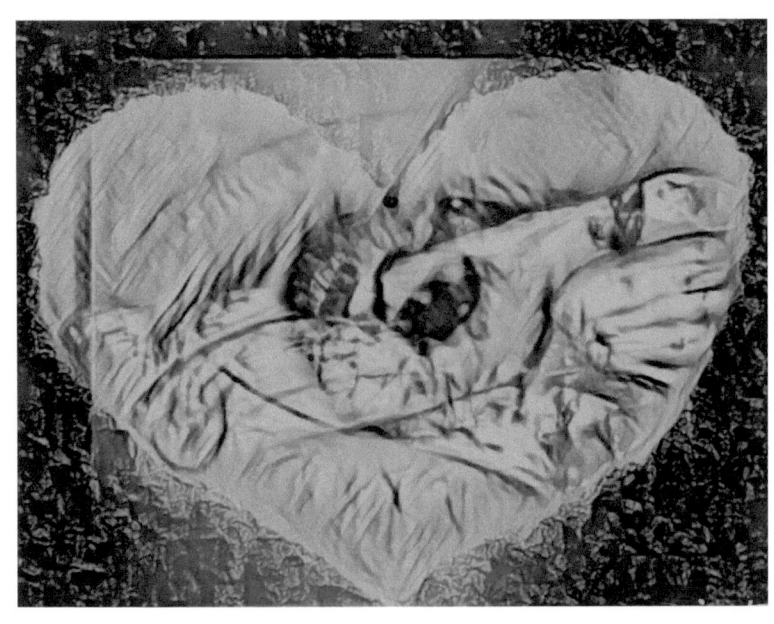

Une année de plus

Le temps qui passe soit disant de façon régulière tel un chronomètre que personne ne peut dérégler.


Comme le temps peut être long

Comme le temps peut être court

Comme il peut passer vite

Déjà un demi-siècle et quelques années supplémentaires d'existence sur terre


Tu  verras me disais Mémée

-         « un matin tu te lèves tu as vingt ans,  le lendemain quatre-vingt, tu n'as pas vu le temps passé, profite, non les journées ne sont pas jamais trop longues, ni interminables ».

A l'époque, elle ne réalisait pas l'importance de cette phrase, aujourd'hui  elle en comprend le poids de chacun des mots.

« La vie est courte, ma petite-fille, et on n'en a qu'une, il ne faut accorder du temps qu'à ce qui en vaut vraiment la peine. »

Les anniversaires marquent chacune des années qui passent d'une bougie supplémentaire Pendant l'enfance, l'adolescence, plaisir des cadeaux que l'on choisit, que l'on demande.

Années de plus marquées par les enfants qui naissent.

Bon anniversaire maman, cadeaux d'enfant qui charment, font sourire, réchauffent le cœur.

On ne s'aperçoit pas du temps qui passe. Tendresse légère

Bonheur simple Un jour, on ne sait pas pourquoi, on ne l'a pas vu venir Les enfants sont devenus de jeunes adultes, autonome qui commencent à construire leur vie. On est heureux pour eux.

Tout s'en va.

Ils ont eu des projets, ils ont vécu, ils ont respiré, et puis un jour pffff ils ont disparu, ils n'existent plus. La vie est comme un château de frêles allumettes, que l'on met un temps indéfinissable à construire, à consolider, on essaie d'y édifier de solides fondations.

Doucement, on grimpe les différents étages, certains sont plus difficiles que d'autres. Et puis un jour, on ne sait jamais quand, tout s'écroule, et tout est rangé dans une boite sous terre.

On passe dans un autre monde, une porte devant nous

Qu'y a-t-il derrière cette porte ?

Lysa a quatres filles, une petite fille

L'avantage d'une sœur, c'est qu'elle nous aimera toujours, nous avons été deux, pendant dix ans. Vous êtes quatre, malgré ce qui se passera dans votre vie, serrée vous les coudes, aimez-vous. Quand on ne l'a pas vécu, on ne peut imaginer à quel point, un frère qui disparait peut vous manquer à jamais. Vous pourrez ne pas être toujours d'accord, vous vous fâcherez, mais il y aura toujours cette affection profonde qui lie ceux qui avancent côte à côte depuis leur naissance. Une sœur, un frère ;sont pour Lysa des amis inconditionnels.

Epilogue

Cette simple nouvelle modestement illustrée, elle lui dédit par mon intermédiaire. Maintenant que ses parents sont tous les deux sous terre, elle s'est donné le droit de me la raconter.

A tous les parents qui ont perdu un enfant, n'oubliez pas celui qui reste. Rappelez-vous les paroles si sages de ses deux grandes tantes.

Si l'homme chauve à la peau légèrement basanée l'a lit.

Qu'il se reconnaisse

S'il est encore en vie

S'il n'est plus de ce monde

Il a dû en arrivant s'expliquer devant un ange blond de 10 ans.

Il lui tient la main

Il l'a soutient

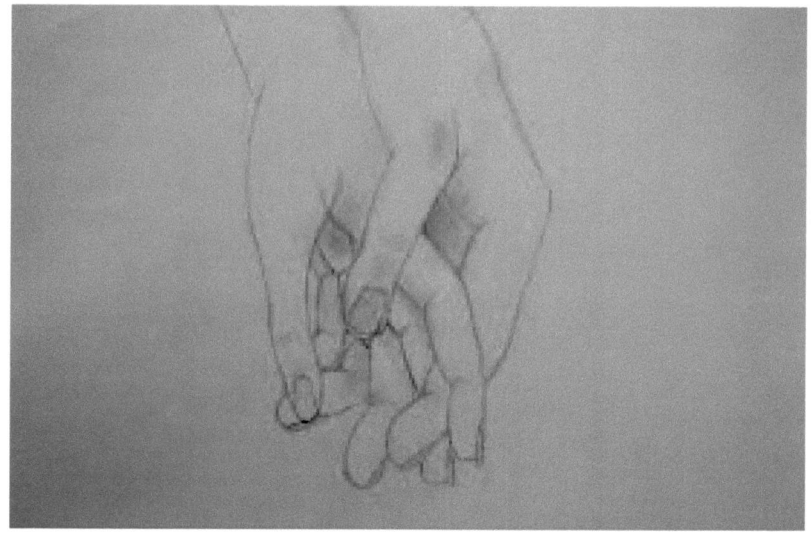

Des spécialistes de par le monde on dit que :

Lysa ressent que :

Lysa pense que

Lysa dit que.

*Perdre un frère ou une sœur, c'est un cataclysme dont on ne mesure pas souvent l'ampleur. Pourquoi est-ce fondamental de prêter attention à la souffrance des enfants qui restent ?*

« La mort de mon frère quand j'avais 16 ans, et lui 10 a représenté pour moi un double deuil. La perte de mon ami, mon double, et celle de mes parents. L'esprit de ma mère est resté depuis ce jour tourné vers ce fils tant aimé, et perdu. Je l'avais compris, je le comprends. Mais ce fut très dur pour moi, celle qui était toujours vivante »

*Je les appelle les « oubliés de service », ces frères et sœurs à qui, comme l'a écrit Marie Fugain, on ne demande jamais comment ils vont. La compassion, l'attention reviennent d'abord aux parents, dont on suppose la douleur plus grande. Or, pour un enfant, un ado ou un jeune adulte, c'est une épreuve terrible, un deuil multiple à affronter. À la perte de cet autre avec lequel on s'est construit, se surajoutent celle de ses « parents d'avant », dévastés désormais par le chagrin, et celle d'une maison où se ressourcer, devenue un lieu de souffrance, où le mort occupe une place monstrueuse. Le rôle de chacun est bousculé, nous voilà « enfant seul » du jour au lendemain ; ou aîné à la place de l'aîné disparu ; ou avec « un trou » au milieu de la fratrie…*

« Oui l'appartement du jour au lendemain est devenu un lieu de tristesse, de souffrance, de non-dit, de silence et d'ennui… Je me souviens, lors des repas, dans la cuisine, j'ai fini je ne sais pas pourquoi par m'asseoir à sa place »

## De la sur adaptation à la révolte

*À cet événement, qui bouleverse tout l'équilibre familial, chacun réagit comme il le peut. En inversant les rôles : nous nous sentons tout à coup le parent de nos parents, responsable de leur bonheur, en charge de la bonne marche de la maison. On peut se retrouver à 12 ans à veiller aux devoirs de ses frères et sœurs, et à se sentir obligé de tenir compagnie à son père ou à sa mère au lieu d'aller jouer. Ou au contraire, être pris par un besoin impérieux de s'éloigner, de partir en pension, ou en voyage, ou de s'installer dans une autre ville. Ou encore adopter une attitude de sur adaptation, faire tout parfaitement pour « ne pas en rajouter ». Ou encore, se révolter, provoquer l'inquiétude des parents pour les amener à consulter, eux, un thérapeute et à se faire aider…*

« Je suis restée pour ne pas les laisser seuls devant leur souffrance, alors que j'avais une irrésistible envie de fuir. J'ai fait en sorte d'être toujours sage, calme, écouter mais cela n'a servi à rien. J'ai à peine effleuré l'adolescence. Le jour où j'ai eu un copain, que j'ai été un peu moins présente, mais pas tant que ça, pour ma mère je suis devenue dixit ses paroles : sa fille qui la laissait tomber, seule, qui ne s'occupait pas d'elle. Alors qu'avant, elle me reprochait de ne pas sortir avec des amies le mercredi ou samedi après-midi. J'aimais une autre personne qu'elle……….aujourd'hui je me dis mais l'aimais-je toujours, elle, je ne sais pas ? »

*Tous ces sentiments violents, trop contenus, peuvent aboutir à une dévalorisation de soi, un état dépressif profond ou des comportements à risque.*

« Trainer seule dans les rues, l'après-midi, plutôt que lui dire que je n'avais pas envie de sortir, afin de ne pas la mettre en colère, je ne sais pas ? »

*https://www.pfg.fr/pfg-a-vos-cotes/nos-dossiers-conseils/epreuve-mort-frere-soeur*

*Si aujourd'hui, on connaît mieux la souffrance des parents confrontés à la mort d'un de leurs enfants, les travaux consacrés au deuil des frères et sœurs sont encore rares. Or, la clinique, le témoignage des adultes montrent que ce que vit l'enfant, l'adolescent, à ce moment-là, peut avoir des conséquences importantes sur son devenir.*

« On est oublié oui, par la « recherche », et on est oublié par l'entourage, on nous confie même la tâche de nous occuper de nos parents malheureux, de compatir à leur malheur.»

*Le processus créatif de certains artistes peut être parfois mis en lien avec un enfant mort dans leur fratrie. Ils parviennent ainsi à sublimer une partie de leur souffrance, une autre partie impossible à transformer pouvant les conduire par exemple au suicide ou à l'arrêt brutal de la possibilité de créer. Le frère mort continuant à habiter la psyché de celui qui est vivant, c'est de manière extrêmement variable qui peut à la fois être source d'aliénation pathologique et/ou de stimulation créatrice*

*Pour proposer au lecteur une représentation de la façon dont nous pensons les choses, nous prendrons la métaphore du fleuve qui met en scène l'intrication étroite et existentielle entre des éléments séparés : dans cette image les frères seraient les berges et les parents le fleuve.*

*Les deux berges du fleuve se font face, elles ne se touchent pas et sont indissociables, leur destin respectif est lié au fleuve qui les unit, les relie, les façonne et, qu'en retour, elles influencent. Elles ne peuvent que co-exister et se co-créer, l'une ne peut se penser sans l'autre, sans le fleuve et sans l'écosystème. Chacune des berges a une existence singulière qui dépend, entre autres, de l'ensoleillement, de la pente, de la végétation, des arbres… toutefois, l'existence de chacune ne peut être dissociée de l'autre et de celle de leur environnement commun. Il serait possible d'objecter que si un frère peut disparaître de la vie réelle du sujet quand il meurt, en revanche il est impossible qu'une des berges du fleuve n'existe plus.*

« C'est beau »

*Intériorisation du lien à l'autre*

*Pour acquérir la « capacité d'être seul » (Winnicott, 1956), il faut avoir vécu la présence d'un autre, dans des conditions satisfaisantes, c'est-à-dire avec un autre pas trop intrusif ; ainsi c'est dans l'expérience de la présence que la capacité d'être seul s'enracine*

« La peur de la solitude, le besoin d'être entourée, écouté m'est vital »

*https://www.cairn.info/revue-le-carnet-psy-2010-6-page-34.htm*

*Une souffrance niée et refoulée*

*Les personnes dites « les plus proches » (partenaire, enfant…) accaparent toute l'attention de l'entourage, pourtant elles connaissent l'être disparu depuis moins longtemps que le frère ou la sœur. La souffrance de la fratrie est toute aussi réelle et essentielle à entendre et à soutenir. Trop souvent dans l'ombre, les frères et sœurs peuvent être amenés à masquer la douleur de la perte qu'ils ressentent au fond d'eux-mêmes. Or nous savons combien il est important pour le processus de deuil de reconnaître et d'exprimer les émotions qui nous étreignent. Les négliger pourrait contribuer à accentuer et à prolonger le vécu dépressif.*

« Se retrouver dans l'autre, lui faisait mieux que toi, lui souriait plus que toi, lui était plein de vie, se sentir abandonner. Mais pourquoi a-t-elle toujours cet air triste quand elle est à la maison ? on a osé me le dire. »

*Difficile de rivaliser avec un absent idéalisé*

*L'émotion de tristesse peut être amplifiée par le sentiment d'être moins important aux yeux des parents que l'être décédé. Ceux-ci dans leur douleur peuvent idéaliser l'enfant perdu, ne garder en mémoire que ses qualités. La focalisation des parents sur l'enfant disparu s'inscrit*

137

*naturellement dans le processus de deuil. Mais si elle s'accompagne de phrases radicales comme « Après son départ, plus rien ne vaut d'être vécu, ma vie est finie, elle est partie avec lui », il peut être difficile pour les enfants vivants de rivaliser avec la sœur ou le frère absent.*

« Entendre sa mère, exprimer le fait de ne plus avoir de raison de vivre ? »

https://mieux-traverser-le-deuil.fr/le-deuil-des-freres-et-soeurs/

*Le deuil d'un frère, d'une sœur Ce deuil renvoie l'adolescent à sa propre mort. Son travail de deuil est souvent rendu d'autant plus difficile que l'adolescent bénéficie alors rarement du soutien de ses parents, tant ceux-ci sont profondément et durablement endeuillés.*

*Les sentiments de culpabilité sont d'autant plus présents qu'ils sont alimentés par les inévitables rivalités fraternelles, d'autant plus fortes si ce décès est survenu à la suite d'une longue maladie ayant accaparé toute l'attention de ses parents.*

*Le deuil de ses parents peut donner l'impression à l'adolescent que ceux-ci sont et demeurent inconsolables, que rien ni personne, pas même lui, ne pourra combler ce vide, lui renvoyant ainsi, sans le vouloir, le sentiment de son peu d'importance.*

*Pour aider ses parents, l'adolescent s'interdira toute expression de chagrin, s'efforcera de donner le change par un comportement sans problème. Comment en vouloir à des parents si fragiles, si démunis ? Certains ressentiront alors la nécessité d'échapper à ce climat de tristesse en prenant de la distance, réclamant par exemple, de partir en internat ou en se lançant dans une relation affective précoce. Il faudra parfois bien des années pour qu'à l'occasion d'un événement familial, cette souffrance réprimée, remonte à la surface.*

« Tout y est dit »

*Le deuil à l'adolescence survient dans une période de remaniements psychiques importants. Si les adolescents endeuillés donnent souvent l'impression dans leur milieu familial qu'ils ne souffrent pas, s'ils s'interdisent le plus souvent d'exprimer leur chagrin par peur de régresser à un moment de leur évolution où il leur faut conquérir leur autonomie, les conséquences induites par cette perte vont retentir profondément. Leur chagrin sera rarement exprimé verbalement mais trouvera le plus souvent une expression symptomatique : difficultés scolaires, comportements agressifs, prise de risques inconsidérés, voire conduites suicidaires.*

*Il s'agira, pour les aider dans leur chemin de deuil, de leur ouvrir une possibilité de parler enfin de cette souffrance qui les habite. Il suffira souvent d'ouvrir une porte par cette question toute simple : « veux-tu que nous parlions de la mort de ton père ? » pour qu'une parole trop longtemps contenue, surgisse alors, que des émotions se libèrent.*

*https://lavielamortonenparle.fr/wp-content/uploads/2020/07/les-cheminements-du-deuil-n1.Fevsd_ado.pdf*

«Aujourd'hui, je me pose une question, comme je tiens le coup, comment ai-je tenue, je ne sais pas »

« Souvent et encore aujourd'hui, j'ai de grosses crises de larmes que je cache, le soir dans mon lit en me couchant, sous la douche, ou seule en voiture »

© 2022 ALYS MALYS

Édition : BoD – Books on Demand, info@bod.fr

Impression : BoD – Books on Demand,

In de Tarpen 42, Norderstedt (Allemagne)

Impression à la demande

Dépôt légal : Août 2022

ISBN : 978-2-3224-4082-5